川柳集

くすっの種

文福ヘソ茶・著

竹林館

まえがき

この度、喜寿を迎えた記念に川柳句集の発刊を思いつき、『くすっ、の種』をつくりました。

定年退職後、暇に任せて詠んだ句は優に一万は超えていると思います。そのなかから、読売新聞に掲載された百五十句余り（◎と○のついた句）とこれに自賛句を加え、さらに、イラストとしてひ孫の絵をところどころに挿入し、気ままに楽しみながらまとめてみました。

私はその昔、さる人から「一隅を照らして生きよ」と諭されたことを思い出し、この教えに少しは沿えるのではないかと考え、このつたない句集を出す決心をしました。

ところで、現在、私には十五人もの家族があり、普段は妻と二人だけの生活ですが、正月などには大勢わが家に集まり、百人一首やゲーム等で大変な賑わいを見せます。私はこうした雰囲気が大好きです。だから、私の川柳にはこのような生活習慣を題材にしたものが多くあるように思います。

それでは皆さん、お暇なとき、この川柳集をご覧いただき、くすっと笑って心の潤滑油にしていただければ筆者としてはうれしい限りです。

もくじ

もくじ

もくじ

＊読売新聞〈時事川柳〉
優秀作品に◎
掲載作品に○

おばあちゃんへ。

まなみより。
まなみ 小2 8才
祖母 53才
1998.
9.13

◎もうあかんブブカも跳べぬごみの山

踏み台にされた碁盤は百万円

○おせちよりカップラーメン喜ばれ

議事堂の屋根から豆を撒《ま》いてやる

愛娘《まなむすめ》三十路も過ぎりゃ邪魔《じゃま》になる

○秋茄子《なす》を嫁に食わせて機嫌《きげん》とる

スマホ手に優先席のお年寄り

夏衣装《いしょう》Fカップとかに目が眩《くら》む

内孫を越境させるか秋田県

○かあちゃんに勲一等をあげたいな

◎紅葉《もみじ》狩り今年も見頃また外れ

○金槌《かなづち》も要らなくなった鏡もち

○言いのがれ術を国会見て学ぶ

○もう勘弁して下さい残暑さま

○ノーベル賞が身近なものに感じられ

味気ないワープロばかりの年賀状

「拉致《らち》」という漢字覚えど埒《らち》アカン

○ポスターをべたべた貼《は》るひと入れんとこ

戦争をテレビ中継みる恐怖

お雛《ひな》様早く飾《かざ》れど効目《ききめ》無し

ケータイを持って半年ベル五回

錦蛇みたいなギャルのおみ足です

ジーパンの破れを教え叱《しか》られる

○居酒屋で薬談議に花が咲く

○セクハラと爺《じい》の手ねじる孫娘

太閤《たいこう》さんもびっくりするぞ青テント

熟女《じゅくじょ》来て金魚の顔も赤くなり

○銀行に預金するから担保《たんぽ》くれ

○カタカナ語毎日孫に教えられ

ヘソ出してお尻も出して涼しそう

○コメ不足別に心配してません

年頭に立てた目標もう挫折《ざせつ》

○白熊も心配している温暖化

○今年は北の分まで田植をしよう

○ウチも居るあぶなっかしい中学生

○宿題を気にする母と平気な子

児童相談所は何をするとこですか

○今年のＭＶＰは古田選手です

雑煮喰い入れ歯外《はず》れて初笑い

夏草に不法投棄がかくれんぼ

ボクのよりちっちゃい松茸五千円

御歳暮がひっきりなしの両隣り

○神棚に手を合せてるジャンボくじ

2007（平成19）年

○わが家でも「記憶にない」が流行《はや》りだす

◎電子音聞き分けられぬ老《お》いの耳

○着膨《きぶく》れて電車の中が混んできた

○賽銭《さいせん》を妻から貰《もら》う初詣

○パソコンに頭をのせて舟を漕《こ》ぐ

日本国捕鯨船団四面楚歌《そか》

○社保庁と税務署からのラブレター

○だんだんと慣《な》らされてきた原油高

キューバにも米軍基地がある不思議

○食べられる野草調べている図鑑

○ゴミの日はヒトとカラスの知慧《ちえ》比べ

○曜日が分からなくなるG・W《ゴールデンウィーク》

○高齢者がする通学パトロール

○カビ臭い2か月ぶりの掛け布団《ふとん》

惜しまれて辞める美学の小泉氏

失言と軽いジョークは紙一重

○年金は妻と二人で出しにゆく

ヤジり方国会中継見て学ぶ

○強い国より優《やさ》しい国がいい

○年金を細かく分けて茶封筒

○宝くじ当たればボクは貝になる

◎サングラス投げたQちゃん忘れない

○オール電化に戸惑っている老所帯

○大国のエゴ丸出しのクラスター

○家計簿がこれ見よがしに置いてある

○真央ちゃんの笑顔に釣られ義援金

貧乏も「プア」と言われりゃ気が緩《ゆる》む

○就任式に見るアメリカの底力

経済が八方収《おさ》まる術《すべ》知らぬ

水よりも炎が主役のお水取り

「躑躅《つつじ》」「薔薇《ばら》」難字覚えて鬱《うつ》になり

○この夏は大助かりの水道費

○よく当たる出口調査が怖《こわ》くなる

○国会をてぐすね引いて待つ自民

コタツ出し漬《つ》け物石の妻の尻

戦争を肯定《こうてい》しても平和賞
名家では9億円も端金《はしたがね》

2010（平成22）年

○松とれて晩酌はまた発泡酒

○わが家では当主批判のし放題

○物言えば唇寒し民主党

不知火《しらぬい》で嬉《うれ》し涙のムツゴロウ

○２千万貯《た》めて心配してみたい

賃上げも雇用の前で腰砕《こしくだ》け

○68万票も獲《と》っても落選

○時代の流れを知る中国のストライキ

○パウル君巨人阪神Vどちら

○蒲焼《かばや》きは中国産で我慢《がまん》する

悪政に翻弄《ほんろう》された金賢姫《キムヒョンヒ》

虐待《ぎゃくたい》の影に貧困潜《ひそ》んでる

○検察のつくり話が恐ろしい

○秋深し隣国何をするつもり

死んだふり飢《う》えたクマには通じない

白地図で北の４島赤く塗《ぬ》る

○日の丸を焼いて気持が晴れますか

ＡＰＥＣの首脳の握手ぎこちない

白鵬は山の賞金鷲掴《わしづか》み

年末は牡《おす》ライオンを真似《まね》てみる

○ひきこもり一人だけでは成り立たぬ

少子化へ一矢《いっし》報《むく》いた聖子ちゃん

○北方の漁獲の沙汰《さた》もカネしだい

政敵も碁敵《ごがたき》に似《に》て仲がいい

唯今《ただいま》の決り手は「八百長」です

進化するネット社会が怖《こわ》くなる

千年に一度のことと言われても

大津波車が海に船が陸《おか》

○天災に1億人で立ち向う

○晩酌を控《ひか》えて送る義援金

○Ｍ９は原発事故の免罪符

○Ｇ・Ｗ西郷どんに会いに行く

○技量より器量問いたい大相撲《おおずもう》

知恵を出せ言うてる人に知恵はなし

○中継ぎも抑えもいない民主党

○事故処理も超高速の列車事故

○Uターン反対車線恨《うら》めしい

○ボール蹴《け》る女の子らが急に増え

○どんぐりの一つどじょうに早変り

○節電は言うまでもない老夫婦

○お手並を拝見します大阪都

○わが家では夫婦で違う幸福度

○国連は常任国の意のままに
東海と呼ばれてとまどう日本海

○気がつけば家に溢《あふ》れるチャイナ産

恥《は》ずかしい桜の名所はごみの山

人口の減少語る未婚の娘《こ》

○分裂は想定内の民主党

○猛暑日は環状線をふた回り
小沢さん選挙なければタダの人

○故郷へ鰻《うなぎ》を獲《と》りに帰ろかな

五輪でも覇権《はけん》を競《きそ》う米と中

長命も妻より長く生きとない

柔道の本家本元弱くなり

お岩さん出て来ておくれ熱帯夜

反日で民の不満を差し向ける

○オスプレイあの大騒ぎ何だった

○大リーグに金の卵を取られそう

問われても半分ソッポの市民です

何事も右肩下がりに慣《な》らされた

宅配で送り届いた宝物

◎七草も政党の名もうろ覚《おぼ》え

医療費の多さに気付く申告時

円高下血圧ほどに気にならぬ

少子化でちらりほらりのこいのぼり

○見納めか外れ馬券の紙吹雪《ふぶき》

○核兵器否定の踏み絵なぜ踏《ふ》めぬ

酒瓶はイチローと同じ４０００本

○げんこつを渋々下ろすオバマさん

○授乳時もスマホをいじるヤングママ

○闘将が杜《もり》の都を熱くする

警察に助け求めて殺された

近頃は首に名札のサラリーマン

災害のたびにいろいろ言う識者

殺戮《さつりく》に化学兵器もくそもない

○プーチンの巧みな寝技食わぬよう

○猪瀬知事進退ここにきわまれり

○答弁も自信満々安倍総理

○認知症予防の本を置き忘れ

黙とうの1分間の長いこと

○赤い羽根付けて出掛けるお買物

○歳だけは叙勲《じょくん》の域《いき》になったけど

○迷惑な師走半ばの総選挙

A・ドロンの映画と紛《まが》うパリのテロ

○やるせない可憐《かれん》な少女の自爆テロ

カストロとケネディが泉下《せんか》で苦笑い

ピリ辛の党首不在の民主党

○白鵬の残る記録は69

○老老の介護疲れが悲劇呼ぶ

○わが国で一番多忙安倍総理

雪国の球児が躍《おど》る甲子園

○自殺者が大震災を上回る

○沖縄の民意を袖《そで》にする政府
候補者が定数割れの過疎《かそ》の村
凋落《ちょうらく》の民主救うか蓮舫氏

○スーパーで買うた半分ごみでした

○よく歩き介護保険は掛け捨てに

○韓流の風向き少し変わりだす

○鶴竜が鬼の居ぬ間にひと仕事

○クネさんのつくり笑顔がいじらしい

かの国はクスリ頼みの金メダル

原発が危惧《きぐ》と期待の再稼働

○人民元の力拝見いたします

死者だけの奇怪な木舟流れ着く

食べ方で税率違うややこしい

○真央ちゃんの転倒だけは見たくない

○原発で存在示す司法権

○当落がよく分からない比例選

○足乗せる座敷が欲しいこだま号

○年の暮れ荒れ放題《ほうだい》の墓がある

○道半《みちなか》ばアベノミクスも年を越す

○Ａさんもあの Ｂさんも認知症

○この寒波袋に詰めて大暑《たいしょ》まで

○この町もデイサービス車増殖中

○ひと月を2日で暮らす天下り

○目ざめると愛車は雪の下だった

○友の死も風の便りは家族葬

○老醜《ろうしゅう》を見せずに死んだ裕次郎

○怖いのはミサイルよりも大地震

○赤ヘルを独走させたジャイアンツ

○流星に紛《まぎ》れミサイル飛んでゆく

○電柱の影に直立バスを待つ

○東京へ行くなら傘を忘れるな

○星1個に手こずる国は星50

○スー・チー氏神通力は失《う》せたのか

○他人の子もメッチャかわいい七五三

○電飾で日本列島不眠症

○赤タイと紅い旗とのせめぎ合い

○4島は返さないけどハグしよう

シスコ市へあいそつかした大阪市

○ふりがながないと読めない宝物

世界中ひっかきまわすトランプ氏

ゴーンさん「足りるを知る」をご存知か

○こたつ出す意志はピッタリ老夫婦

木戸銭《きどせん》を負けてください大相撲

空母かな出雲《いずも》の神も不安顔

私ならいくら払うの保釈金

来年もよろしくと書く孫の賀状

包帯を巻いた力士が目立ちます

土俵下ふとんかマットを敷きますか

○どんど焼き消防隊が火を燃やす

○囲碁界にすみれの花が咲きました

○気に障《さわ》る1億円のマグロです

○カウントのしかた分からんテニスです

○東京へ草木もなびく訳がある

表札に屈強偽名を２つ３つ

○新線で大仏様が近くなる

○じだんだを踏みっ放しのカープ女子

○炎鵬に牛若丸を思い出す

◎サミットは離れ小島でしてほしい

○ホルムズは航行するのも命がけ

○わが家ではピカピカのとこ手すりだけ

○半分も投票しないズボラだな

◎甲子園腕も折れよと投げちゃダメ

○アラビアの月の砂漠もきな臭い

○赤を抜き鼻の差で来た黄が3位

○ミサイルがかなり近くに飛んできた

○死ぬまでに見たかったんだ首里城は

○年老いて重い灯油のポリタンク

日程は昨日歯医者へ今日眼医者

2006.9.12
おじいちゃん おばあちゃん
長生きしてね またあそぼうね
子どもの森幼児園

○背戸口《せどぐち》の方が賑やか大阪駅
そこここに光秀の名が目にとまる

○ロボットの指示でいただく回る寿司

お先にとひまわりよりも月見草

イヤなやつ来たら空咳二つ三つ

○三月《みつき》経《た》ちキリンの漢字まだ書けん

自粛してＩＣＯＣＡ《イコカ》カードにかび生《は》える

ウイルス禍腹ペコペコの奈良の鹿

○体操をするほど離れ会議する

大阪に出来るカジノで二千万
コロナ戦岩手へ疎開しようかな
私にも十万円が貰《もら》えるの

ウイルスも避けてくれるかこの暮らし

何もかも予定狂わすコロナちゃん

休学は痛し痒《かゆ》しのお母さん

○休校でやっと乗れたよ一輪車

あとがき

二〇二〇年、世界は死をも伴う恐ろしい新型コロナウイルスの感染拡大におののいている。このような非常に厳しい状況下にあって、同郷のゆかりで竹林館社長の左子真由美さんには一方ならぬご支援、ご教授をいただいたおかげで、この句集が完成しました。

私は今、この句集を発刊できた喜びに浸り感慨無量です。これからも、死ぬまで自由気ままに句作りを楽しみたいと思っています。

稚拙な歌を赤面は承知の上で一首披露して、私のあとがきの言葉とさせていただきます。

ぼんくらの生きた証の一里塚恥じて飾るるこの句集かな　　修輔

なお、この句集の刊行にあたり、詩人であり、そしてアマチュアの囲碁棋士でもある前田進氏にはいろいろとご助言をいただきました。ここにあらためて感謝申しあげます。

二〇二〇年四月二十七日

東北センター所長室にて　H 15. 4. 23（59 歳）

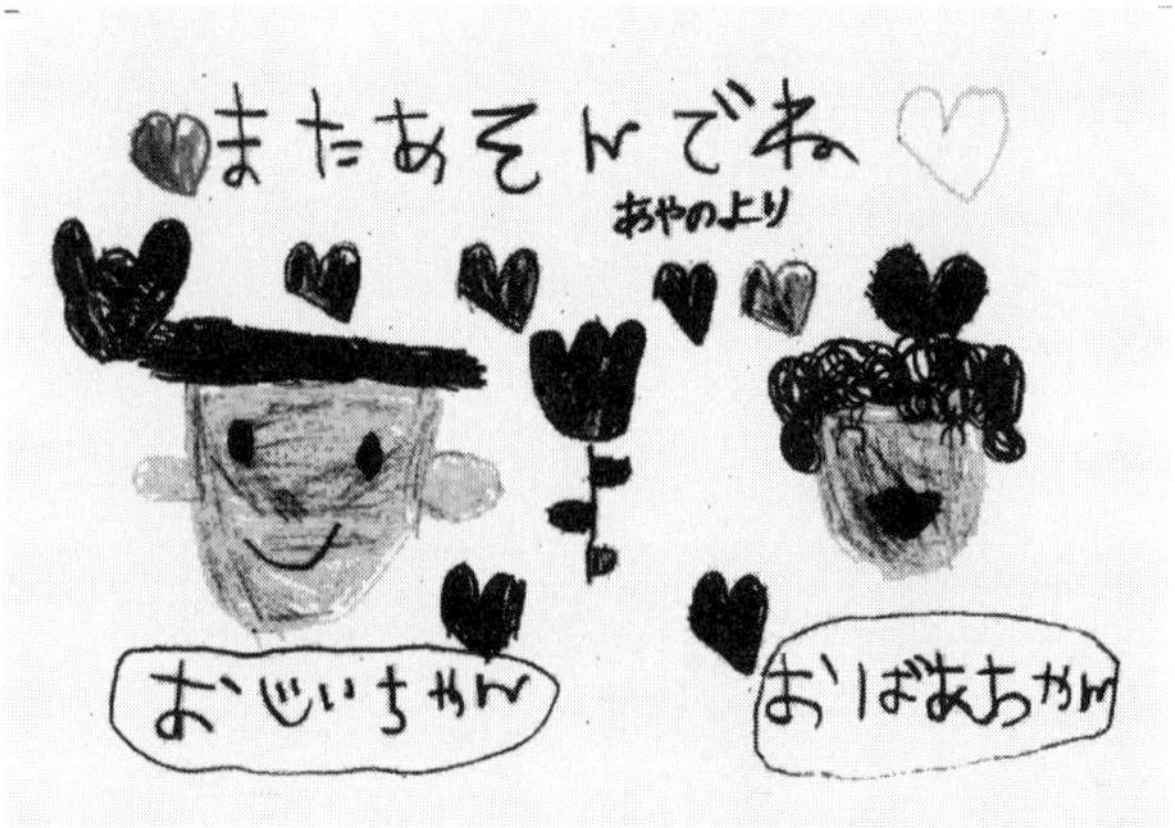